作者／布魯克・博因頓－休斯（Brooke Boynton-Hughes）

出生於美國科羅拉多州，目前與先生、兩個孩子居住在科羅拉多州的柯林斯堡地區（Fort Collins, Colorado）。

・《愛心線》入選2022插畫家協會「原創藝術展」（Society of Illustrators Original Art Show）

把愛，獻給
我的舅舅約翰；

紀念馬修・詹森，
我們的心與你同在。

作者：布魯克・博因頓－休斯（Brooke Boynton-Hughes）
譯者：小樹文化編輯部

小樹文化股份有限公司
社長：張瑩瑩｜總編輯：蔡麗真｜副總編輯：謝怡文
責任編輯：謝怡文｜行銷企劃經理：林麗紅
行銷企劃：蔡逸萱、李映柔｜校對：林昌榮
封面設計：周家瑤｜內文排版：洪素貞

讀書共和國出版集團
社長：郭重興｜發行人：曾大福
發行：遠足文化事業股份有限公司
地址：231新北市新店區民權路108-2號9樓
電話：(02) 2218-1417｜傳真：(02) 8667-1065
客服專線：0800-221029
電子信箱：service@bookrep.com.tw
郵撥帳號：19504465遠足文化事業股份有限公司
團體訂購另有優惠，請洽業務部：(02) 2218-1417分機1124
法律顧問：華洋法律事務所 蘇文生律師
初版首刷：2023年5月4日

＊特別聲明：有關本書中的言論內容，不代表本公司/出版集團之立場與意見，文責由作者自行承擔。

ISBN 978-626-7304-08-2（精裝）
ISBN 978-626-7304-07-5（EPUB）
ISBN 978-626-7304-06-8（PDF）

小樹文化官網　　小樹文化讀者回函

愛心線

Heart String

布魯克·博因頓-休斯　著
by Brooke Boynton-Hughes

有一條線，
一條隱形的線，

緊緊繫著我
和你的心。

就算我們互不相識，

我的心依然與你緊緊相連。

穿過花園，穿過道路，

飛過城市，越過森林，

我的心，

與你緊緊相連。

我開心時你陪我，

你難過時
我陪你。

當你歡笑，

我看見你散發出光芒。

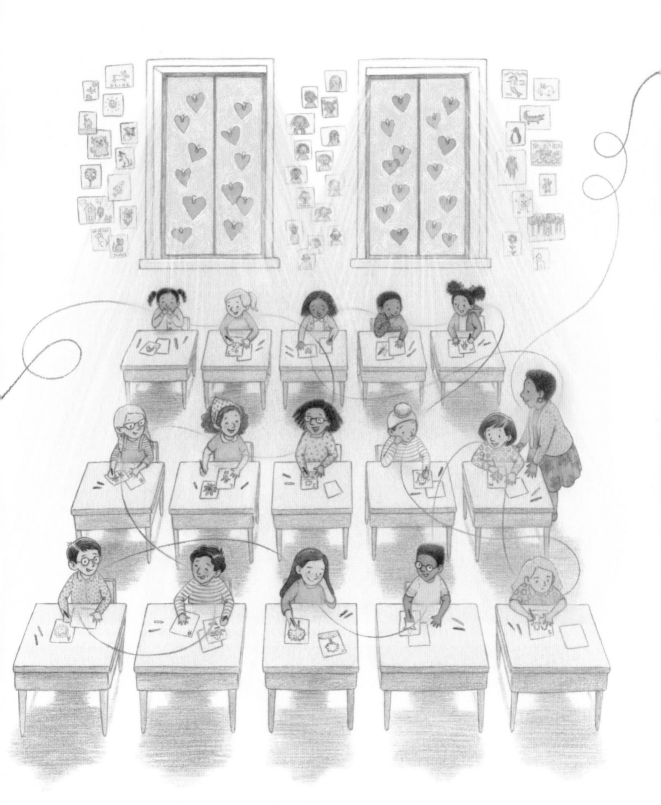

飛過山脈，越過原野，

不論是晴空萬里，還是狂風暴雨，

我的心，

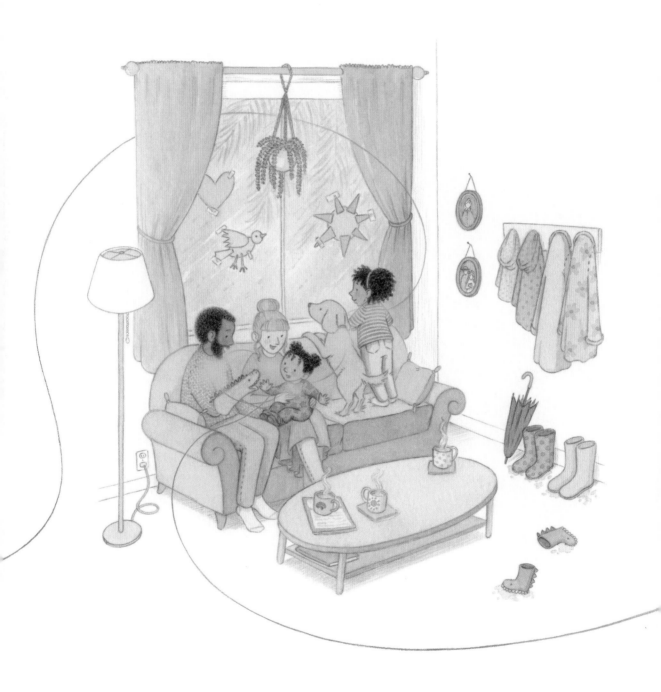

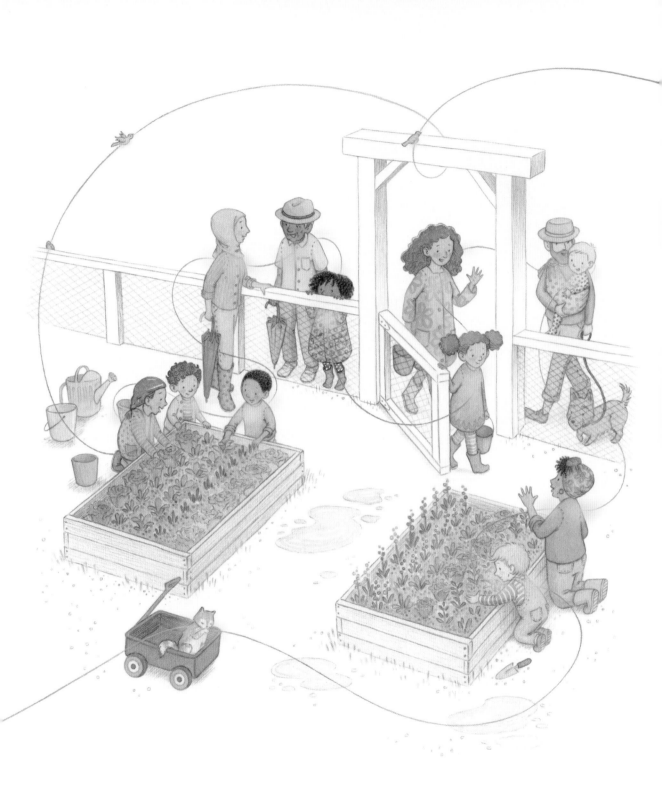

依然與你緊緊相連。

當你感到孤單或失落，

想想這條隱形的線。

就算是最黑的夜裡，

我的心依然與你緊緊相連。

穿過沙漠，越過海洋，

飛過高山，

　　越過河流，

我的心，

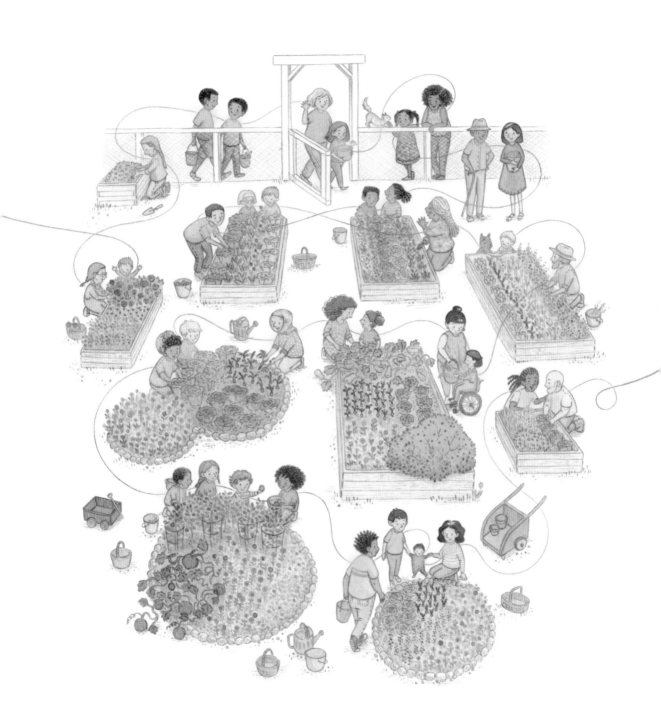

與你緊緊相連。

我的心與你相連，你的心與我相繫。

越過陸地、海洋和天空。

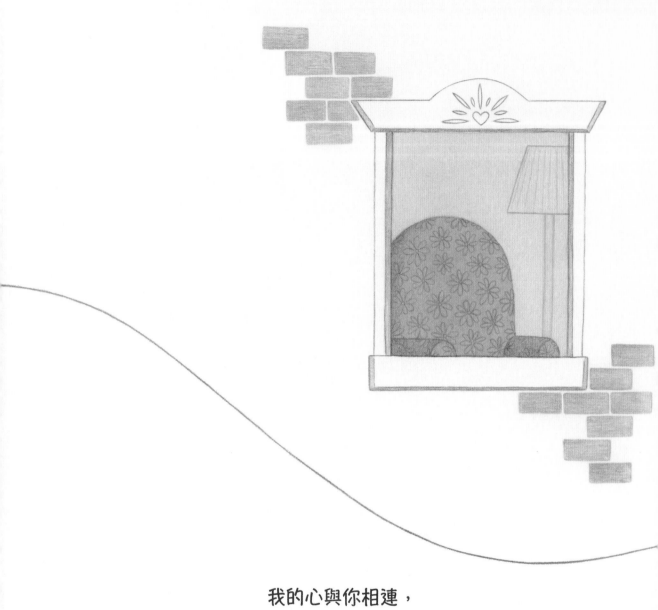

我的心與你相連，

你的心與我相繫。

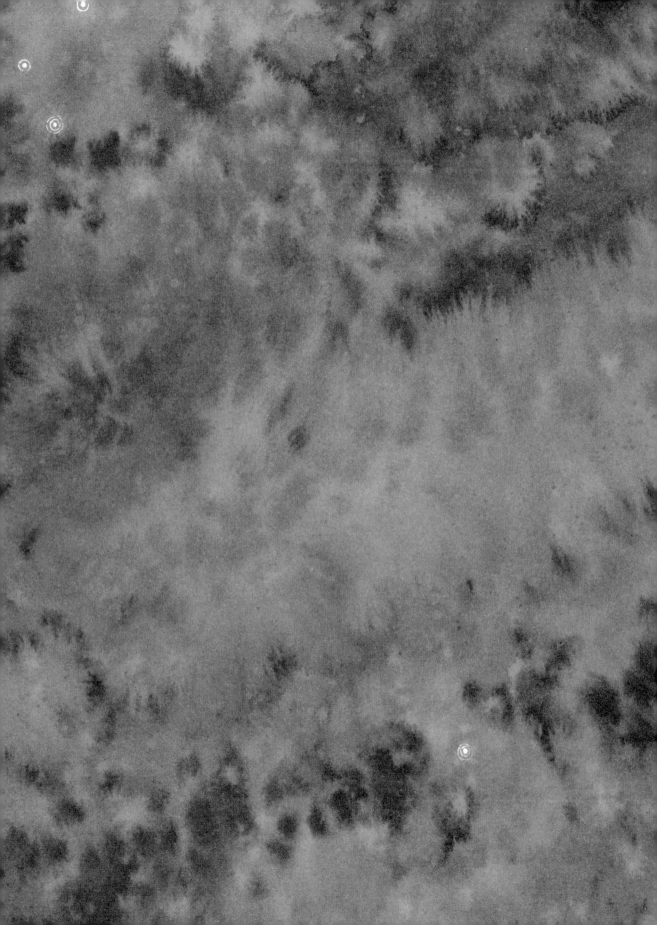

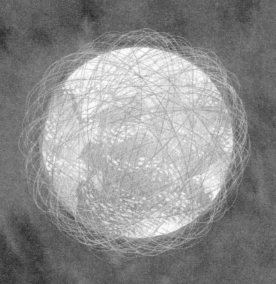

我們的心緊緊相連。